육아에도

봄이 올까요?

육아에도 봄이 올까요?

—

2018년 3월 15일 1판 1쇄 인쇄
2018년 3월 30일 1판 1쇄 발행

—

지은이 이희정
펴낸이 이상훈
펴낸곳 책밥
주소 03986 서울시 마포구 동교로23길 116 3층
전화 번호 02) 582-6707
팩스 번호 02) 335-6702
홈페이지 www.bookisbab.co.kr
등록 2007.1.31. 제313-2007-126호

—

기획·진행 기획2팀 박미정
교정교열 김다빈
디자인 디자인허브 김지선

—

ISBN 979-11-86925-38-6 (03810)
정가 15,000원

—

책밥은 (주)오렌지페이퍼의 출판 브랜드입니다.

이 도서의 국립중앙도서관 출판예정도서목록(CIP)은 서지정보유통지원시스템 홈페이
지(http://seoji.nl.go.kr)와 국가자료공동목록시스템(http://www.nl.go.kr/kolisnet)에서
이용하실 수 있습니다.(CIP제어번호: CIP2018008379)

육아에도 봄이 올까요?

글 ♥ 그림 이희정

책밥

머리말

육아의 봄을 기다리는 모든 엄마 아빠에게

생각해 보면 아이와 함께하는 순간순간은 늘 봄이었습니다.
아이를 안을 때면 따뜻한 체온에 마음이 녹아내리고
포동포동하게 오른 살을 만질 때면 가슴이 몽글몽글해집니다.
뒤집기를 할 때, 첫 걸음마를 할 때,
그리고 처음으로 '엄마'라고 불러 주었을 때…
이 모든 순간이 따스하고 찬란했습니다.

봄의 한가운데에 서 있음에도 나는 늘 새로운 봄을 기다렸습니다.
'아이와 함께하는 일상' 안에 포함된 육아는
상상 이상의 노동과 좌절을 수반하는 것이라
봄의 한가운데에 있다는 것을 자주 깜빡하게 했습니다.

봄은 짧습니다.
피어나는 꽃을 보며 기뻐하다가도 금세 져서 아쉬워하는 것처럼
지나고 나면 찰나로 느껴질, 다시 오지 않을 육아의 시간들….
이 소중한 시간들을 되새기며 글을 쓰고 그림을 그렸습니다.
여름과 가을, 그 사이 어딘가에 있을 내 인생의 계절에서
또다시 선사받은 봄을 잊지 않도록….

2018년 3월에 이희정 드림

차
례

첫 번째 이야기

1

삶 이
그 대
속 를
지 일
라 도

둘 행
이 복
서 해

생활형 로맨스

결혼 전, 감동의 포인트가
로맨틱한 서프라이즈에서 왔다면,

결혼 후, 감동의 포인트는

서로의 불편을 덜어 주는
사소한 행동에서 온다.

물론, 서로가 집착하는 불편함의
포인트가 다르므로

감동의 근원이
싸움의 근원이 되기도 하지만,

어쨌든

상대의 수고로움이
생활형 로맨스가 되어 살아간다.

시댁 덜덜이

집에서는 잘만 하던 쉬운 일도

시댁만 가면

낯설어진다.

그래서 남편이 붙여 준 별명

시댁 덜덜이~

철저하게 명령만 따르는데

그나마도 자주 잊혀진다.

형수..님?

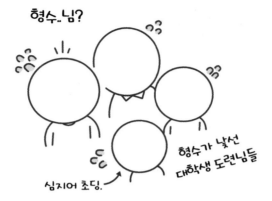

심지어 초딩.

형수가 낯선
대학생 도련님들

형수란 단어조차 낯설어 하는
대학생 도련님들과는 어색어색

깔깔깔   깔깔깔   깔깔깔

알 수 없는 시댁의 유머 포인트.

야무짐 강박증에 안절부절못하다 보면

어느새 집에 갈 시간.

갑작스런 할머니의 등장

예상치 못한 사건에는~

대응 능력 0점~

아니 저건
누가 두고 간 거래~

그렇게 완성된

시댁 덜덜이~

추석 엔딩

남편이 송편을 권했다.

그리고 목격했다.

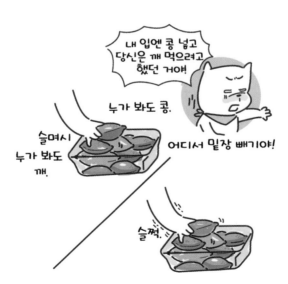

그것은 깨송편 밑장 빼기!

아닌데예?

인생의 BGM

삶의 BGM이...

기대했던 프리티 우먼이나

섹스 앤 더 시티는 아니었지만,

그래도~

인간극장 정도는 깔리지 않을까 생각했는데.

해가 갈수록

어쩐지..

BGM은 뉴스데스크다.

때려쳐!

오늘 퇴근해서, 오늘 출근한 사람.

그 옆에 3일 동안 퇴근 못 한 사람.

즐거운 귀가를 하는 어느 직장인.

그러나 곧 소환~

잃어버린 금토일~

주말에 워크샵 가는 사람

모두들
'아, 진짜 때려쳐! 때려쳐!'라고 말하지만,

여전히 인권보다

월급을 택하는 나날이다.

이상하다

이상하다?
체한 건 나인데, 트림은 남편이 한다.

이상하다?
알람은 남편이 맞췄는데 깨는 건 나다.

이상하다?
남편의 입꼬리가 씰룩댄다?

토요일까지는
너무했네, 응?

광대도 승천했다?

평범한 좌절

평범한 사람들이
평범하게 겪을 수 있는
숱한 평범한 좌절 들을 겪으며

그래도 한 번쯤은

기대를 해 보지만,

이 평범함을 지키기 위한
숱한 좌절은 여전히 계속된다.

괜한 눈물도 부끄럽고
기대한 마음조차 부끄러운
평범한 좌절들.

그래도~
나를 위로해 주는 건.

엄마의 목소리~

남편의 격려~

그리고 조카의 첫 걸음마.

조카의 걸음마 동영상.

이 평범함들을 온전히

사랑할 수 있는 날이 오길 바란다.

둥근 카라

근래 출근 전
가장 슬펐던 일은

더 이상 둥근 카라가
어울리지 않는다는 현실.

서른이 넘고 나니
이건 무리한 귀여움.

하지만 그보다 더 슬펐던 건.

출근길

가당찮은 귀여움을 강행해야 했던

현실이었다.

안경

어릴 때 안경이 너무 갖고 싶었다.

안경을 낀 남녀노소가 그렇게 부러웠다.

목적의식이 강했던 아이는

부단한 노력 끝에

안경 득템! (쇠줄은 필수)

하지만 이것은 내 어리석은 욕망의 시초

커 가면서 안경은 애증의 물건이 되었고

라식 수술

달달달

달달달

그것과 이별하기 위해
생애 최고의 공포에 맞서기도 했다.

으으.. 그만둘까..

이렇듯~ 원하는 것이
꼭 옳은 것만은 아니라는 걸 깨달은
나는.

옳지 않은 거야

옳지 않지 않지..

옳지 않아..

어쩌면 지금의 내 욕망이
옳지 않기 때문에

이루어지지 않는 거라고 위안 삼으며

오늘도 출근을 한다.

시간

어떻게 해도.
스무 살이 넘지 않던 시절이 있었다.

겨우 넘겼다 싶은 때가 와도
약국에 가면 리셋.

그렇게 시간을 종용하던 시절이 있었다.

서른이 되면 멋져지는 줄 알았던 시절이 있었다.

하지만 나의 서른은

정신을 차려 보니 두 해나 더 지나가 있었다.

이제 시간은
나이에 비례해 속도를 올리고

가속도까지 덧붙이며 나를 종용하고 있다.

봄이 오면

학생들은 생각한다.

졸업 후 이윽고 직장인.

없다.

혼자 하는 벚꽃 놀이

이내 쓸쓸해진다.

어쩌다 함께 할 친구가 생겼지만

왠지 쓸쓸함이 두 배~

언제쯤이면

질리도록! 즐길 수 있을까?

미세먼지

미세먼지 지수가

200을 돌파한 어느 날.

프로 주부 꿈나무는 좋아할 가족을 생각하며

삼겹살을 사 왔다.

모든 것을 예감한 남자와

아무것도 예상 못 하는 여자

고기를 구울수록

집은 뿌예졌고

왠지 미안한 날이었다.

#13
4월의 어느 날들

따듯한 햇살에도

아빠는 춥다 하셨다.

마지막을 향해 가고 있음을⋯

알 수 있었다.

그리고 그해, 4월의 마지막 날.
나의 커다란 나무를 잃었다.

눈부시도록
유난히 햇살이 좋은 날이었다.

그 후 우리 가족은

피식 새어 나오는 웃음에도

미쳤어..
웃음이 나다니..

죄책감이 들었고,

기쁜 날도 울었다.

더 이상 4월은

아름답지 않았다.

어느 4월

산부인과에서

조카가 태어났고

우리는

죄책감 없이   웃기 시작했다.

많이~

그래서 더 소중한

나의 조카야.

두 번째 생일을 축하해.

늘 건강하고
행복하게 자라길~

돌아온 것들

잔스포츠가 돌아왔고

버켄스탁이 돌아왔고

쭈니형은 방부제를 먹었나 봐!

god가 돌아왔다.

많은 것들이 복고라는 이름으로
트렌드가 되어 돌아왔다.

그리고~

누군가의 소박했던 꿈도 돌아왔다.

엄마의 돌아온 꿈을 응원한다.

하지만~

효율이 중요한 엄마의 꿈이었다.

어머니는 아코디언이
싫다고 하셨어

야이야이야~

그래도 응원합니다.

돌아올 것들

훗날, 내게도

돌아오는 것이 있다면

그건 아마도 봉인된 많은 것들.

화가 사그라들고

일상을 인정하고

현실을 살고 있을 때

갑자기 한구석이 휑하고 마음이 허해지면

그때

좀 더 가벼운 모습으로 돌아와 주길.

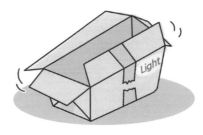

봉인된 많은 것들.

다음 여행 때까지 떼지 않음.

아쉬움에 짐도 서둘러 풀지 못하고

여행지에서 붙인 반창고마저
추억이 되어 쉬이 떼지 못한다.

한동안은 괜한 감상에 젖어

한 번뿐인 인생인데!

자꾸 질문을 하게 된다.

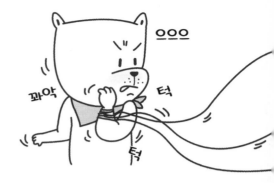

하지만 이내 날아오는 현실의 족쇄들

카드 결제일 문자와 비어 버린 통장 잔고에
휘청거리다 보면

어느새 현실에 묶이게 된다.

사진 좀 더 찍을걸.

한참 동안

하아, 먹고 싶다. 먹고 싶다!

과거의 나를 부러워한다.

임신 확인

그렇게 직장인 사춘기가

어디로 왔다가~

다시 시작될 무렵

이쯤되면 갱년기야.

사춘기

· · · · ·

축하합니다.

임신입니다.

아기가 생겼다.

두 번째 이야기

2

고한복
작소
사행

기다리는 날

세 번째

실감은 안 나지만

걱정이 시작되었다.

그래서 말인데.

그리고 잊지 않고 드러나는

퇴사의 욕망.

그리고

퇴사 결정.

그날의 다른 기억.

계획과는 다르게
제일 정신없었던
임신 초초기.

이걸 끝내야 관둘 수 있어!

후달달달

그렇게

안정기를 향하던 어느 날

다들 안녕히.

몸조리 잘하시고~

드디어~

세 번째 퇴사를 하였다.

#2
낯선 소음

윗집의 청소기 돌리는 소리.

청소하는 아저씨의 휘파람 소리.

내가 모르던 골목의 소리들.

직장인 시절

'우리' 집이었지만,

한 번도 내가 없는 시간을.

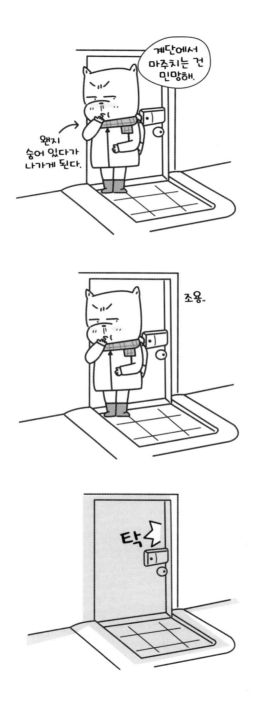

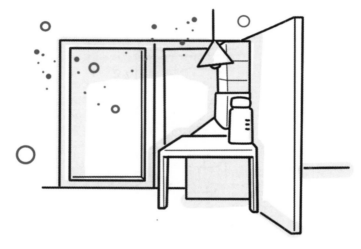

궁금해한 적은 없었다.

익숙한 곳에

채워진 낯선 소음들이

나쁘지 않았던 백수 첫날이었다.

주부의 봄

누리지 못하면

어쩐지 억울한

날씨가 돌아왔다.

그리하여~

기껏 나와서 장보기라니.

장을 봤다.

날씨가 아깝다..

주부의 봄이다.

#4
호부호부

우리 신랑은

남편을

우리 남편은

남편이라 부르는 일은

이야. 남편이나 신랑이라고 자연스럽게 말하네.

프로 유부녀들 같네.

굉장히 어색한 일이었다.

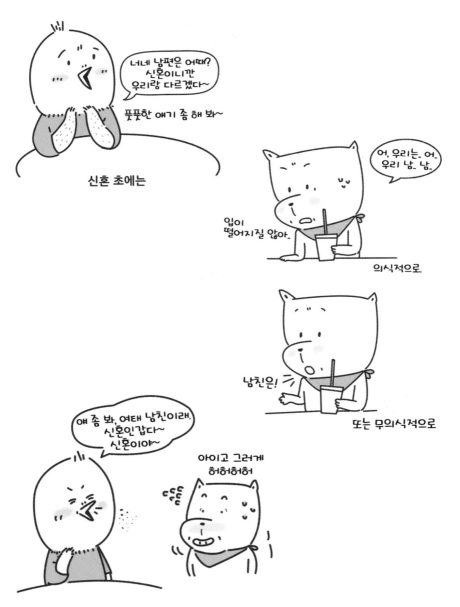

신혼 초에는

얼렁뚱땅 넘길 수 있었지만,

이제는 결혼 1.5년차

짤없는 일.   이제는

나도 꽤 자연스럽게 쓰고 있다.

누군가는 그 부자연스러움을

감지할지는 모르지만,

어쨌든 꽤~자연스러워졌다.

선택

여기 사과가 있다.

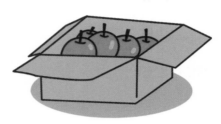

사과 많은데!

그런데 새 사과가 또 생긴다면

어느 사과부터 먹겠습니까?

나는 주저 없이

얼른 먹어 없애야겠다.

새로 사온 사과 봉지.

남은 사과부터 처리하는 사람.

썩기 전에 먹어야지.

신선한 사과는 먹지 못하고

아이고, 다 늙어 빛을 보는 구먼.

하향 평준화 된 사과들

늘 그저 그런 사과들을 먹는다.

버리는 걸 최소화하는 게 맞는 거 아닌가?

아무것도 버리지 못한다는 것이

돌돌돌

돌돌돌   돌돌돌

늘 그저 그런 생활을 만드는 건 아닌지

생각해 본다.

빠직✧

안 피곤해?

사과 가지고
별생각을 다 한다.

경제 관념

나는 작은 돈에 민감하다.

하지만

큰 돈에는 대담해진다.

괜찮데이 1

이렇다 할 입덧이 없던 내게

찾아온 것이 있었으니

그것은 잠병~

의욕을 불태웠지만

첫날부터

워이이잉

그나마 윗집
청소기 소리에 깸.

10시 기상~

꾸벅 꾸벅

최소한의
보람을 위해..

기상 후 집 안 정리~

밥 먹기도
귀찮아..

밥 먹고

다시 취침~

눈을 뜨면

음? 몇 시야.

놀래라!

남편이 와 있다.

나..또 졸려.

9시밖에
안 됐는데?

내일은 꼭 챙겨 줄게.
꼭..

다음 날~

그렇게 한 달이 지나갔다.

괜찮데이 2

괜찮다고 했지만

꼬질

가뜩이나 말랐는데 더 수척해진 얼굴.

며칠째 같은 옷인 듯.

사실 괜찮치 않았다.

정신을 차리고 본 남편은

누가 이랬어? 흑흑.

???

나 원래 이런 거 아니였어여?

어디 가서 유부낙이라고 하지 마.

유기인의 상태.

본격 내조를 위해

유부초밥

김밥

등등의 도시락을 챙겨 주었다.

하지만 남편의 출근 후

바로 실신~

그렇게

남편은 저녁을 잃었다.

겸손의 미덕

생각보다(!) 먹을 만한 음식을 해내면서

라고 자만을 떨던 어느 날

쌀 계량컵이 없어졌다.

고작 계량컵에 의지하던
나약한 인간이었다니.

자만하지 말라는
계시로군.

저절로 고개가 떨궈지는 날이었다.

좋은 예, 나쁜 예

남편의~

좋은 예~

그리고

남편의

나쁜 예~

호시절

불과 얼마 전까지만 해도

그저 먹고사는 걱정이 최고였는데.

생존을 걱정하게 되었다.

정류장 1

때는 가장 치열하게 살았던

2008년 6월의 어느 출근길.

역을 지나치고 말았다.

그날 아침

오르지 않았어도 되는
계단을 올라야 했고

아침부터 개구멍 신세.

겪지 않아도 될 굴욕을 겪어야 했고

하지 말았어야 하는 지각을 했다.

그리고 생각했다.

살면서 내릴 때를 지나치지 않기를.

지나쳐서 돌아오게 된다면
건너야 할 계단이 너무 힘겹지 않은가-라고.

이럴 때가
있었지.

허허허

오랜만에 펼쳐 본 과거의
일기장에 쓰여 있었다.

정류장 2

지나친 역도, 잘못 내렸던 역도, 놓쳐버린 역도.

시간을 되돌린다 해도

똑같이 반복될 내 몫의 역.

불필요하다 생각되었던 일들

겪고 싶지 않았던 일들

하지 말았어야 했던 일들이라고

단정 지었지만,

현재의 나는 판단할 수가 없다.

그저 모든 역에서 묵묵히
받아들이는 방법을 배우고,

같은 잘못을 반복하는

순환선만이 아니길 바랄 뿐이다.

처방은

임신 초기~

처방은

임신 중기~

처방은

쓸데없는 걱정이
가장 안 좋습니다.

요리하는 날 1

남편이 요리하는 날은~

잠시 후

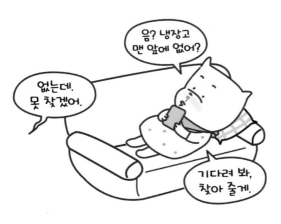

누웠다 앉는 게 버거워졌다.

또 또 잠시 후

어쩐지 쉬는 게 더 피곤해졌다.

#16
요리하는 날 2

재료 손질에

조미료 셋팅에

끝나고 나면 평소보다 두 배 많은 설거지까지~
사실 남편이 요리하는 날은 더 귀찮지만,

간 안 보고
요리하는 애

물론 상대적인 절대 미각!이지만

어쨌든 미각을 가진 자가

음~ 재료의 풍미를 위해
재빠르게 볶아야지

허드렛일하느라
엄청 바쁨.

도도도

도도도

우아하게~

주방을 지배하리라.

3

세 번째 이야기

엄마는 처음입니다만

만삭의 기억

자고 나면

목주름이 백만 개쯤 늘어난 듯한 기분이 들던

2015년의 여름.

드디어 출산 임박!

짐작조차 되지 않는 일들을 상상하며

이게 다 사람이 할 수 있는 건가?

벌벌벌

벌벌벌

더 커지기 전에 나오렴. 차라리 그 고통을 빨리 겪는 게 홀가분하겠어.

아이고 덥고 무겁고 눌리고

지친 몸을 부여잡고

얼른 나와라~ 얼른 나와라~

뒤뚱

순산 기원 오리걸음 걸레질

뒤뚱

그날이 오기를 손꼽아 기다렸던 8월이었다.

출산 후기

그날은 조금 다른 날이었다.

> 처음 느껴보는 통증인데.
> 이게 진통인가?

> 진통치고는 좀
> 약한 것 같은데.

아침부터 미세한 통증이 느껴졌고

엄마는 갑자기

> 치이이익

> 아침부터 고기
> 구우시는 중

삼겹살을 해 주고 싶다며
집에 오셨다.

> 엄마 나 좀 아픈 거 같아.
> 진통인가? 나오려나?

점점 강해지는 통증

> 고 정도로 안 나온다~
> 세상이 빙빙 돌아도
> 열 시간은 있어야
> 나오더라.

죽을 것 같을 때 오세요.

그래, 이 정도로
죽을 것 같진 않아.

후아후아

아직 너무 멀쩡해.

죽을 것 같은가를 되물으며

아 그래도 이건 너무
규칙적으로 아프다.

그 와중에 삼겹살 흡입

아무래도 병원에
가야 할 것 같아.

어머나?

벌벌벌

끝까지 다 먹음.

고통을 저울질하다가

그날의 참고인 인터뷰

뭐 어쨌든 무사히 순산하였습니다.

#3
아기와의 첫 만남

드디어 아이와의 첫 만남~

내 몸의 일부였던 아기와의 만남은

어떤 기분일까~

그토록 기다리던 순간인데.

드디어 신생아실~

알 수 없는 감정으로

갑자기 펑펑 울었다.

지금 생각해 보면

아마도 안도감과 감사함의 눈물이었으리라 생각된다.

아이의 에티켓

태어나자마자

통잠을 자는 줄 알았던 아기.

한밤중

낯선 소리에 깨 보니

아이는 깨어 있었다!

그저 울지 않았을 뿐이다.

다음 날.

다짐을 했지만

아직은 모성보다 본능이 강한
초보 엄마였다. ㅠ_ㅠ

그 여름 가장 무서웠던 감기

한여름에 태어난 아기

무서운 건, 모기~

모기보단 무서운 건

3살 사촌 오빠~

~의 감기였다.

미안하다. 조카야.

처음으로 예방접종 하는 날

생후 20일

배냇저고리는 너무
아가아가한가..

이건 너무
얇겠지?

인간임을 증명하듯,

그래! 오늘
바디수트 개시~

모자는 요거 쓸까?

오늘은 뭐 입지? 하는 고민과
함께하는 첫 외출이자,

첫 접종 날~

순서가 되도록 잠든 아기는 깨지 않았고

결국

잠결에 주사를 맞았다.

아비규환 속에서 꿋꿋이 잠을 잤다는….

그날 저녁, 남편과의 통화

아마도 통점이 유전되었나 보다.

그리고 지금, 18개월이 된 아기는

병원 엘리베이터만 타도 웁니다. ㅠㅠ

근황

요즘 나는

티비를 보거나

티비를 보고

티비를 본다.

그렇게 요즘 나는

독박과 독방의 시간을 보내고 있다.

당황 1

아기가 태어난 후

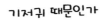

기저귀 때문인가

한동안 아기 때문에

아니면, 어디 아픈 건가?

삐질삐질

띡-

(체온계 재는 중)

당황스러운 날들이 많았지만,

이제는 제법

당황하지 않는다.

맘마 줄게~

하지만 슬슬

룰루루, 아알~아알~

나 때문에

. . . . 까악까악

몇 스푼째더라..

당황스러운 날들이 늘어 가고 있다.

당황 2

당황은

… 까악까악

몇 스푼째더라..

오랜 부재로

언능 문 열어!
비번 까먹었어?

멍

바들

바들

산후조리 마치고
50일 만에 귀가 중.

기억의 상실로

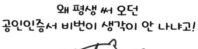

새로운 생활의 변화로

계속되고

전파되고 있다.

#10
왠지 없는 것

이제 알았다.

결혼하고 나면
왜 아기 사진만 있는지.

휴.. 겨우 재웠네..

세수라도 좀 해야지..

시간이 없는 건 아닌데

그럼 세수나 해 볼..

에라 모르겠다..
잠깐 눕는 거야..

쩍쩍
쩍쩍

왠지 없는 것이 육아였다.

4

알쓸신육

아기가 커 갈수록

아기가 커갈수록

육아의 강도는

갱신되고

집안일은

뒤돌아서면

리셋이다.

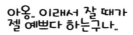

변명

늘 연필을 잡고 있지만

깨기 전에
빨리 그려야
하는데

아무 생각이 나질 않는다.

아이에게 들키고 싶지 않은 나의 기록들.

혹시라도

들키게 된다면

숨기고 싶지만.
어쨌든 말해 줘야 한다면

'그럼에도 불구하고'가 아닌

'그렇게' 너를 사랑해 온 기록들이라고

말해 주고 싶은데..

현실의 서툰 나는

그저 힘들고

버겁고

아.. 흑흑흑

갑자기
터져버렸다.

으응?
...

그 힘듦마저

앗.. 애 앞에서
울다니 최악이야

마마?

또 미안하여

아무것도 그릴 수 없게 돼 버린 것 같다.

오늘도 낙서만 했네..

버릴 게 없다

미세한 차이가 만드는

다른 종류의 귀여움.

의미 부여가 만드는

소중함들이

쌓이고 쌓여

결국

저장 공간 부족!

버려야 하는데

많이 컸네..

밤새도록
추억 팔이 중

아무리 봐도 버릴 게 없다.

어떤 하루

육아 8개월 즈음

어느 날의 불금.

그렇게 고마운 혼자만의 시간이 생겼다.

익숙했던 것들에 낯섦을 느끼고

숨길 수 없는
주부고만

새로운 나에 낯설음을 느끼며

한번 입어 볼까?

내가 이걸 사서
언제 입겠어.

놀이터나
나가는 게
전부인데.

변화된 내 생활을 자각하는 시간들.

그렇게 시간이 흘러 흘러

이 정도면 충분히
기분 전환된 것 같아.

가자~

가자~

나 없어서
난리 난 거 아냐?

서둘러 집에 가 보니

우리 집만 시간이 멈춰 있었다.

고마운 거 취소….

천천히

육아가 너무 힘이 들어

시간이 빨리 지나가길 바란 적이 있었다.

그런데 1년이 지나자

휴우.

갑작스런
사랑 고백

비로소

엇! 그러면 엄마
심쿵해서 또 으약!

케케케

우리 놀이터 갈까~?

순간의 소중함들이 보이기 시작했다.

천천히 크렴.

천천히..

좀 더 오래

손을 잡을 수 있게.

아이와 맞잡은 손이 소중한 나날들이다.

탈무드식 인테리어

※ 바운서 : 의자 형태로 되어 있으며 아이를 재우
거나 달래고 혼자 놀게 할 때 사용합니다.

이게 멉니까! 집이 더 작아졌어요!

그럼다면. 이번엔 쏘서를 갖다 놓거라—

※ 쏘서 : 보행기와 비슷한 형태로 바퀴는 없고 앉아서 재미있게 놀 수 있는 놀잇감이 붙어 있는 장난감입니다.

우리 아기 어디 갔니..

도사님이 시킨 대로 했더니 넓어지기는커녕 애가 걸을 공간도 없다고요!

그럼다면.. 이제.. 때가 되었군.

다 갖다 버려라!

#7
Seize the day

늘 다음으로 미루었다.

조금 지나면 편해지겠지~
하는 생각으로

하지만

거슬러 갈수록 쉬운 것이 육아였고

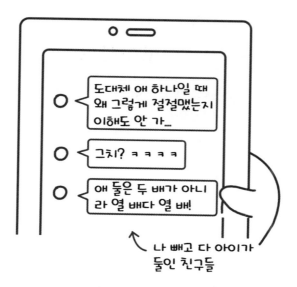

육아에서 제일 편한 때는 바로

지금이었다.

8

엄마가 된다는 것

그렇게 애미가 된 요즘

맛있는데
왜 남겼대..

↑
밥만 리필

끼니는 남은 이유식~

하나씩~ 어허!
하나 다 먹고
먹어야지!

어허!
어허!

뱉어 놓으면
누가 먹으라고!

냠!

↑
한 입씩
물어서 뱉음.ㅠ_ㅠ

후식은 뱉어 놓은 과일~

비싼 우유를 남겼네.

저녁을
먹었는데
왜 이리
배가 고프나~

애기 재우다
배꺼짐.

야식은 남긴 우유에 말아먹는 시리얼이 되었다.

한편 엄마는.

△△할머니가 담그신 갓김치인데
맛있어~ 너네 먹어 봐~

전철 타고 오시면서
이걸 다 갖고
오신 거야!?

이건 그루
이유식
생선살~

이건 야채랑
과일~

이까짓 거
안 무거워
안 무거워

엄마도 이제 무리하면 안 돼.
담부터 들고 오시지 마요.

너도 딸 시집
보내 봐라.

우리 동네도
마트 있어요.ㅠㅠ

우리동네
야채가
신선하잖아~

할머니로 업그레이드 되었다.

물려받은 옷에는

계절이 바뀌면

조카의 옷과

우리 후블리 오빠
옷 뭐가 왔나 볼까?

꺄 이건 내가 젤
좋아하던 조끼잖아!

이건 내가 사준 거네!

이거 입고
왔을 때
기억난다..

추억이 배달된다.

모 이렇게
귀여운 게
다 있어!!!

꼬모 아기 낳으면
후블리 옷 꼬모 줘~

미혼 시절.

잊고 있던 기억들과

담아 놓고 싶다.

킁 킁

아기 냄시
부비부비

그 시절 내가 사랑했던 조카의 냄새까지~

언니~ 아기 섬유 유연제
어디 거라 그랬죠?

(냄새의 근원은 섬유 유연제였..)

악!! 이거 그루 입히면
예쁘겠다. 살까, 살까!?

비록 지름의 기회는

박탈당하였지만

돈 주고는 살 수 없는

새로운 기억이 생기고

아기의 옷들에는 추억들이 쌓여 간다.

그나저나
잦은 오해는

옷 때문이겠지요....?

아이의 진화

7개월 무렵

아기가 처음으로 도구를 사용했을 때

꺅!본능이 전부였는데.. 도구를 사용하고 있어!!

쪽쪽

쪽쪽

진짜 귀엽다...

참 많이 컸다고 생각했다.

그리고 그 후

이~이~ 치카치카해야지 하나도 안 아파요~ 엄마처럼 이~

으이이이이

바둥

칫솔질을 끝내면 박수를 침.

아 다 닦았다! 잘했어요~ 박수!!

으이어어엉

반사적으로 울면서 침.

어느 날

행동을 이용하게 되었고

새삼 또 많이 컸구나 생각이 들었다.

요즘에는

부쩍 더 자라서

원하는 것을 위해

본능을 이용할 줄 알게 되었다.

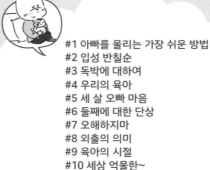

5

다섯 번째 이야기

사랑하고 사랑하고 사랑하고…

#1
아빠를 울리는
가장 쉬운 방법

그루가 걸음마 하던 시절

딸 바보 아빠를 울리는 가장 쉬운 방법:D

입성 반칠순

나이를 묻는 말에

어딜가면

연도로 대답한지 꽤 오래.

연장자이기도 꽤 오래-(인 건 비밀)

그 탓에 늘 서른 초반
어느 언저리라고 생각했는데

아직도 받아들이지 못한 삼십 대이거늘

정말 놀랍게 반 칠순~

믿기지 않게 나이를 먹는 일은

뭔가 억울하지만

그래도 올해는 조금 덜 억울할 것 같다.

독박에 대하여

남편은 안 도와준다기보단

요새 나는 왜 안 나와?

내심 분량이
서운한 남편 →

우리 딸 안아..음?

찌잉-

음마~

아빠가 낯선 딸

보여야
그릴 게 있지.

그냥 안 보인다.

이불은 내가 개서!

어쩔 수 없는~

요가 무겁습니다.ㅠㅠ

엄마아아~

내가 피지!

이불을 개는 순간부터 다시 피는 순간까지- 혼자, 아니 둘.

독박 육아 당첨!

자, 퇴근 후 아빠는 목욕 담당! 아빠와의 유대감 강화!

하루 종일 수고했어!

하하 호호

하하 호호

하하 호호

상상 속의 육아는 분명 셋이었는데.

남일 같았던 독박 육아는

내 일, 아니 나 그 자체가 되어

주부, 이독박 씨의 하루를 보내고 있다.

우리의 육아

어쩔 수 없다는 건

가장 쉬운 설득이자

가장 편한 자기 위로다.

그럼에도 불구하고

문득 잠재적 분노가 치밀 때는

만약이라는 위안,

어쩔 수 없다는 체념들이

유일한 위로가 되어

오늘도 홀로 아이를 재우는 하루가 지나간다.

세 살 오빠 마음

세 살, 오빠가 되었다.

너무 예쁜 내 동생

근데 왜 자꾸 나는 혼나는 걸까..

으앙~

오빠가 이거 다 줄게. 그루 가져.

그래도 너무 예쁜 내 동생

이것도 줄게. 이것도

오빠가 되니 다 주고 싶다.

혁!

내 거야. 만지지 마! 만지지 마~ 만지지 마!

근데 왜 자꾸 나는 혼나는 걸까.

#6
둘째에 대한 단상

아이를 갖겠다는 결심은

예방접종은 다 했고
엽산은 챙겨 먹고 있고

영양제

몸과

부모가 될 준비가
되었다고 생각해?

난 언제든 되어 있다!

마음에

그렇게 간단한 게
아니라고! 우리가
한 생명을 책임질
자격이 있을까?

진통은 얼마나
아플까.ㅠㅠ

많은 준비가 필요했다.

둘째를 갖겠다고 결심하려면

큰 포기가 필요하게 되었다.

…쉽진 않을 것 같다.

(사실 사고가 아니면 엄두도 못 내겠습니다. ㅠㅠ)

오해하지마

하루 종일을

친절한 엄마로

지내려고 노력하고 나면

아이러니하게도 하루의 끝 무렵,

평화로워 보이지만
분노가 차 있다.

잠재적 분노 상태에 다다르게 된다.

그런데 하필~

타이밍이 좋지 않아서.

때때로 눈치가 없어서.

분노의 타겟이 되고야 마는 남편.

정말 미운 건 아니니깐

오해하지 마!

외출의 의미

아기 엄마의 '외출의 무게'

등 뒤에 짐을 메고서야, 그 외출에는

기저귀가
샐 수도 있으니깐
여벌 옷도 챙기고

추우면 어쩌지.
가디건도
하나 챙기고

책임에 대한 불안감이

왜 이리 안 오나.

3분 후 도착이
왜 이리 길지

벌써 한계에
다다르지 마~
우리 갈 길이 멀어

바둥

바둥

늘 조급한 마음이

그리고 커피 한 잔의

긴장감이 함께 함을 알았다.

에구 오늘 엄마 쫓아다니느라 힘들었지..차 타자마자 자네..

전투적인 하루였어.. 집에 가서 푹 쉬자.

차에서 푹 잤음.

엄마!

엄마!

엄마!

나도 좀 쉬자.. 우리 좀만 더 자자 이리 누워 봐. 응?

그렇게 다시 쓰는 외출의 의미.

육아의 시절

바야흐로 육아의 시절~

힘들긴 해도

어쩐지 훗날

지금이

무척 그리울 것 같다.

#10
세상 억울한~

최선을 다한 주말~

잠시 후...

그렇게 너무 최선을 다한~

세상 억울한 주말이 추가되었다.

육아의 그레잇

숱한 기대들에 대한

치우자..

깜짝

으앙~

삐요옹

훠훠

삐요옹

정신 사납게
움직여서 무서워함.

※ 결국 안 갖고 놀았습니다.

배신~

아기가 무서워도
안 하네~

그러게요~
그렇게 좋아?

그루가 동물을
좋아하네.
목장 한번
데려가야겠다.

꺄르르
꺄르르

※ 결국 한 장도 못 찍었습니다.

※ 마늘 다지기 전용이 되었습니다.

장르도 참으로 다양한 배신들에

지름길은 없다는 것을 깨달은

육아 2년 차, 가을이다.

고백 ½

하루의 목표가 아이를 재우는 일이 되었던 때

내 눈을 만지고 코를 만지며 잠드는 아이를
외면했던 시간들이 잦았고

내가 먼저 잠이 들고 나면

언제 잠들었는지 모르게
아이는 잠이 들었다.

요 녀석, 손은
빼고 자야지..

물끄럼..

과연 나는 오늘
최선을 다한 걸까..

이상하다..
이토록이나
소중한데..

소중한 나의 아이에게

미안해..엄마가 미안..
매번 자라고만 하고..

낼부터 진짜
재밌게 보내자..

쓰담쓰담

미안한 날들이 자꾸만 쌓여 갔다.

근데 이 약속..
어제도 한 것 같은데..

끄응..

고백 ²⁄₂

막무가내였던 시절이 지나

제법 사람이 되어 가면서

아이와의 시간이 행복해졌다.

늘 미래만을 꿈꾸었는데

이제야 같이 하는 지금을 즐기게 되었다.

그리고 사랑해.

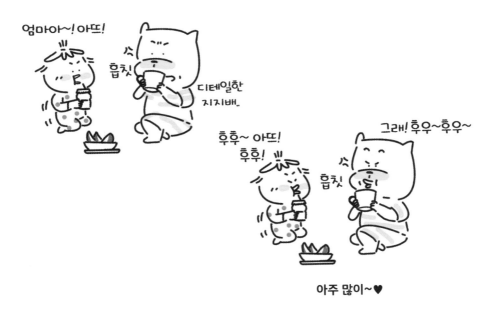

#14
사소하고 당연한 것들

사소한 것들은 당연했고

내 인생에 이벤트 같은 건 없나..

오늘도 그저 그런 하루가 지났다.

평범한 일상은 지루했다.

하지만 아이가 태어난 후

하악!

하악!

하악!

쿵!

늘상 부딪히고

막히고

마음대로 되지 않는 시간들을 보내며 깨달았다.

당연했던 것들의 감사함을.

사소한 것들의 소중함을.

평범한 하루를 빌고

평범한 하루에 안도하는

지금의 감사한 마음들을

잊지 않았으면 좋겠다.

쉽지 않은 일

아이가 잘 때는

빨래를 개어야 하고

개어야 할 빨래가 없으면

손톱이라도 깎아 주어야 한다.

열심히 부지런을 떨어도

종종종

그냥 제자리인 것.

잠깐의 나태함은

여지없이 버거움이 되는 것.

내 몫의 시간 없이 흘러간

하루의 끝.

엄마가 되기란 참 쉽지 않다.

아빠가 되는 일도 참 쉽지 않다.

사랑받는 일

온전히 사랑을 준다는 건 어떤 걸까

늘 보답을 바라는 나에겐
너무나 궁금했던 일

하지만 막상 아이를 낳아 보니

나는 그 어느 때보다 사랑받고 있었다.

별거 아닌 일에도 웃어 주고

함께 있어도

보고 싶다 하고

늘 잡고 싶은 손

하루의 엔딩은 사랑 고백.

그리고 잠결에 받는 무의식의

사랑까지.

오늘도 사랑받을 준비 완료!